OVERLORD

7

Original Story:
Kugane Maruyama

Art:
Hugin Miyama

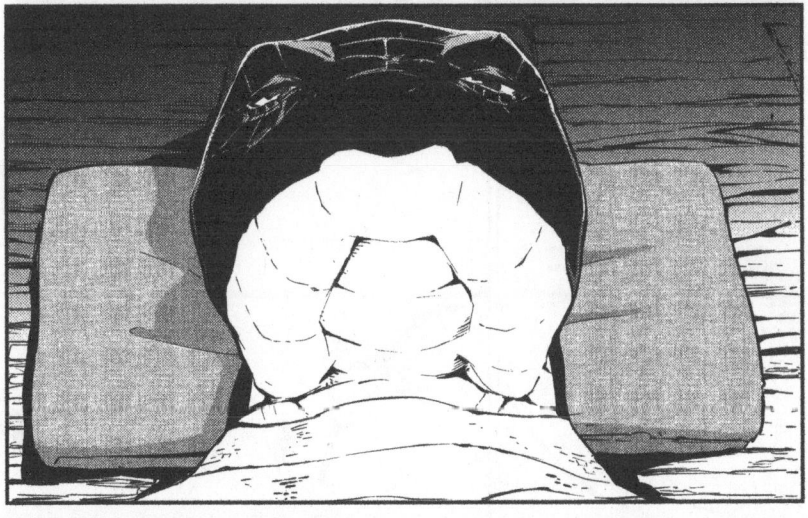

ICH LEBE NOCH...

UND ZENBERU?

MHM.

ZZZ...

MHMMM.

TRÄUM

!

KUSCHEL

SOLL
ICH AUCH
MEINE
ARME
UM DICH
LEGEN?

FAUCH

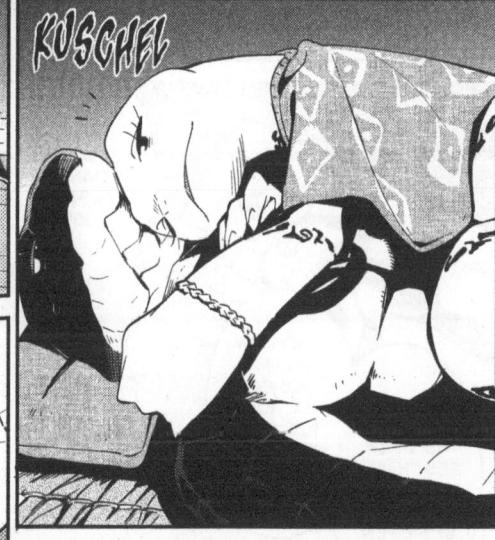

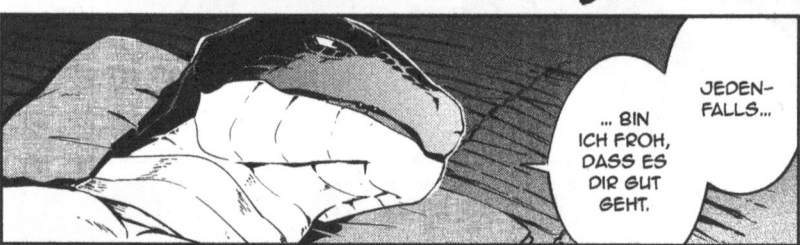

JEDENFALLS KONNTEN WIR GERETTET WERDEN... DAS WAR GESTERN.
DANN IST ZENBERU, OBWOHL ER NICHT HIER IST...
JA, ES GEHT IHM GUT.
DURCH DIE HEILMAGIE IST ER SOFORT WIEDER AUFGEWACHT.
ER KÜMMERT SICH GERADE DARUM, NACH DER SCHLACHT AUFZURÄUMEN.
NICK
FÜR MICH IST ES HART ZUZUHÖREN...
ÜBERANSTRENG DICH NICHT.
WUSCH
DU WURDEST AM SCHLIMMSTEN VON UNS ALLEN VERLETZT.
ZUM GLÜCK GEHT ES DIR GUT.
ICH BIN WIRKLICH FROH...

KNURR...

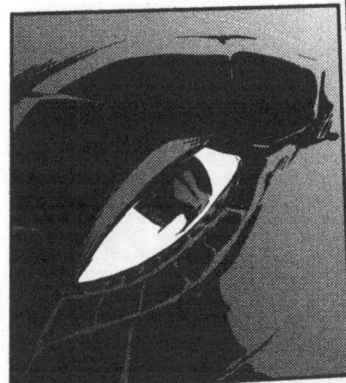

BAMM

VIELLEICHT TREIBEN DIE ES JA. BA HA HA HA HA HA! ICH WILL SIE NICHT STÖREN, ABER ES INTERESSIERT MICH DENNOCH. BA HA HA HA!

BA HA HA HA!

BA HA HA HA HA! VIELLEICHT SOLLTEN WIR DEN BEIDEN LIEBER ETWAS RUHE SCHENKEN.

ICH BIN AUCH HERGEKOMMEN, WEIL DEIN BRUDER ES GESAGT HAT.

DAS HAT ER GESAGT.

HAT ER DAS?

...

ST...STIMMT. IN DER TAT HAT ER BESTIMMT NICHT SO GELACHT...

LÜG NICHT! WAS SOLL DENN BITTE DIE BA-HA-HA-HA-LACHE?

DU BIST DAS LETZTE.

DONNER

WENN DU GLEICH SAGST, DASS DU UNS NUR STÖREN WOLLTEST, MACH ICH DICH GERN SCHMERZHAFT MIT MEINER MAGIE BEKANNT.

NUN JA...

UND WARUM BIST DU HERGEKOMMEN?

WIR MÜSSEN NATÜRLICH AUCH DARÜBER NACHDENKEN, WAS JETZT PASSIEREN SOLL...

ÄHM, ICH BIN GEKOMMEN, UM EUCH EINZULADEN. SCHLIESSLICH SIND WIR DIE VORZEIGEHELDEN.

SCHNOH

IN ORDNUNG. WENN ES DICH NICHT STÖRT, CRUSCH.

NEIN...

ACH SO...

WENN WIR UNS ZEIGEN, KÖNNEN ALSO LEICHTER ANWEISUNGEN GEGEBEN WERDEN...

TSCHAPUMM
ROROROǃ GEHT ES DIR AUCH GUT?!
KOMM SCHON, ROROROǃ HÖR AUF DAMIT.
REIB
REIB
PLATSCH
PLATSCH

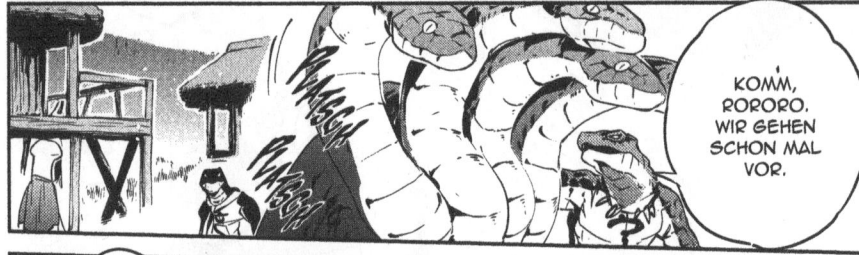

HE...

ES FÜHLT SICH SO AN, ALS WÜRDE MEIN HERZ EINEN EIGENEN KOPF HABEN.

WAS MACHE ICH DENN ÜBERHAUPT?

HEY, KANNST DU ES HÖREN?

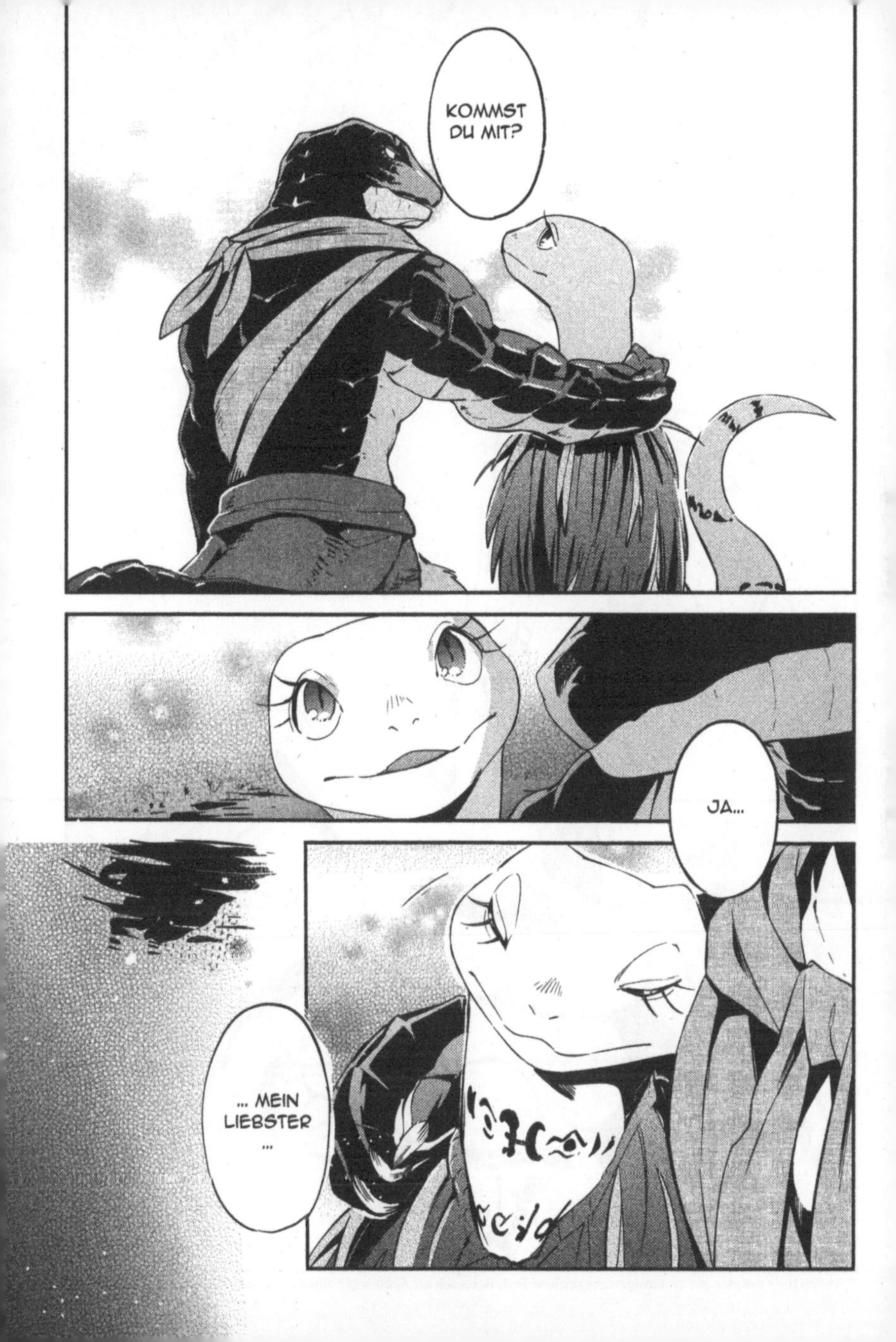
KOMMST DU MIT?
JA...
... MEIN LIEBSTER ...

Großgruft von Nazarick
Vor »Lemegeton*«

* Anspielung auf den gleichnamigen magischen Text, der auch als *Schlüssel Salomon* bekannt ist.

ICH HABE FÜRST AINZ ENTTÄUSCHT.

ER WIRD MEINEN FEHLER BE- STIMMT...

FÜR MEINE NIEDERLAGE ...

... WERDE ICH VIEL- LEICHT MIT MEINEM LEBEN BE- ZAHLEN...

ZISCH

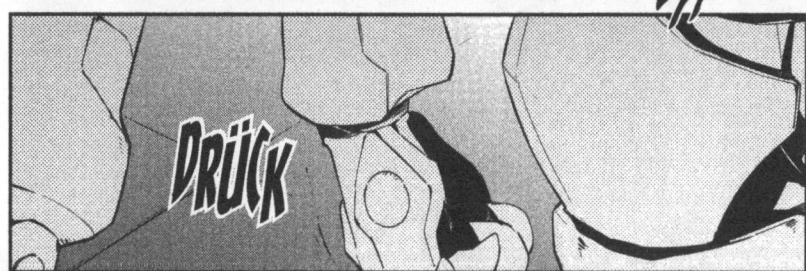

DRÜCK

QUIETSCH

NEIN, NEIN. MACH DIR DA MAL KEINE SORGEN.

DEMIURG IST FRÜHER ALS ICH DA UND FÜR DIESES TREFFEN EXTRA ANGEREIST.

ICH ENTSCHULDIGE MEIN SPÄTES ERSCHEINEN.

WÄHREND ALBEDO FÜRST AINZ BEGLEITET, HABE ICH DIE AUFGABEN DER OBERSTEN BESCHÜTZERIN ÜBERNOMMEN.

Episode OVERLORD :22

HAST DU DAGEGEN EINEN EINWAND?

DAS IST DOCH SCHÖN.

WENN JETZT NOCH DER LETZTE HIER IST, KÖNNEN WIR GEMEINSAM DEN THRONSAAL BETRETEN.

DANN STELLT EUCH SCHNELL IN REIHENFOLGE AUF...

DER LETZTE?

NEIN, BEI DIR GIBT ES DA KEIN PROBLEM.

ICH HEISSE VICTIM.

FREUT MICH, EUCH ALLE KENNENZULERNEN.

SCHÖN, DASS DU GEKOMMEN BIST. ICH HABE ÜBERGANGSWEISE DEN POSTEN DES STELLVERTRETERS ÜBERNOMMEN UND HEISSE DEMIURG.

DREH

DREH

FÜRST AINZ HAT MIR DAVON BERICHTET.

ICH SEH SCHON...

...

MIR WURDEN AUCH ALLE EURE NAMEN VORGETRAGEN, DAHER...

... KÖNNEN WIR DARAUF VERZICHTEN, UNS GEGENSEITIG VORZUSTELLEN.

28

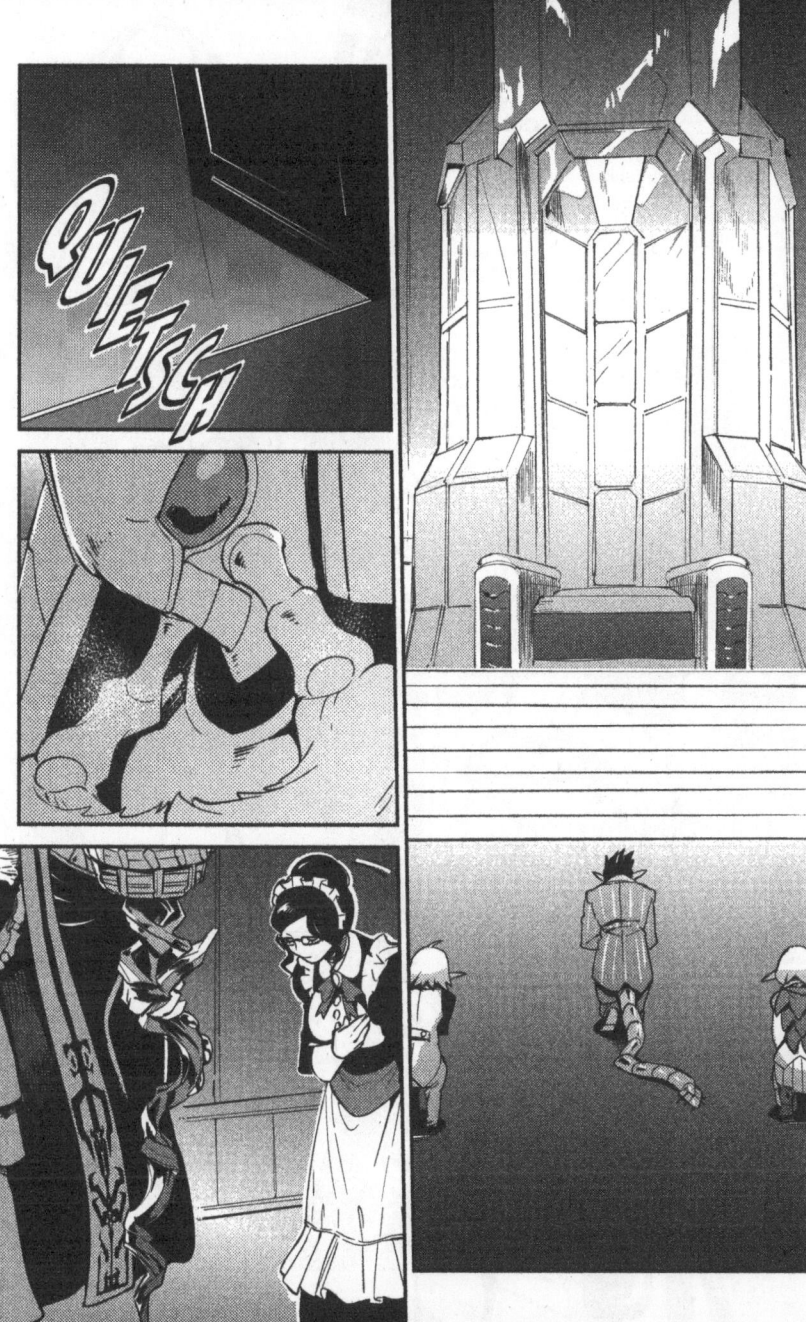

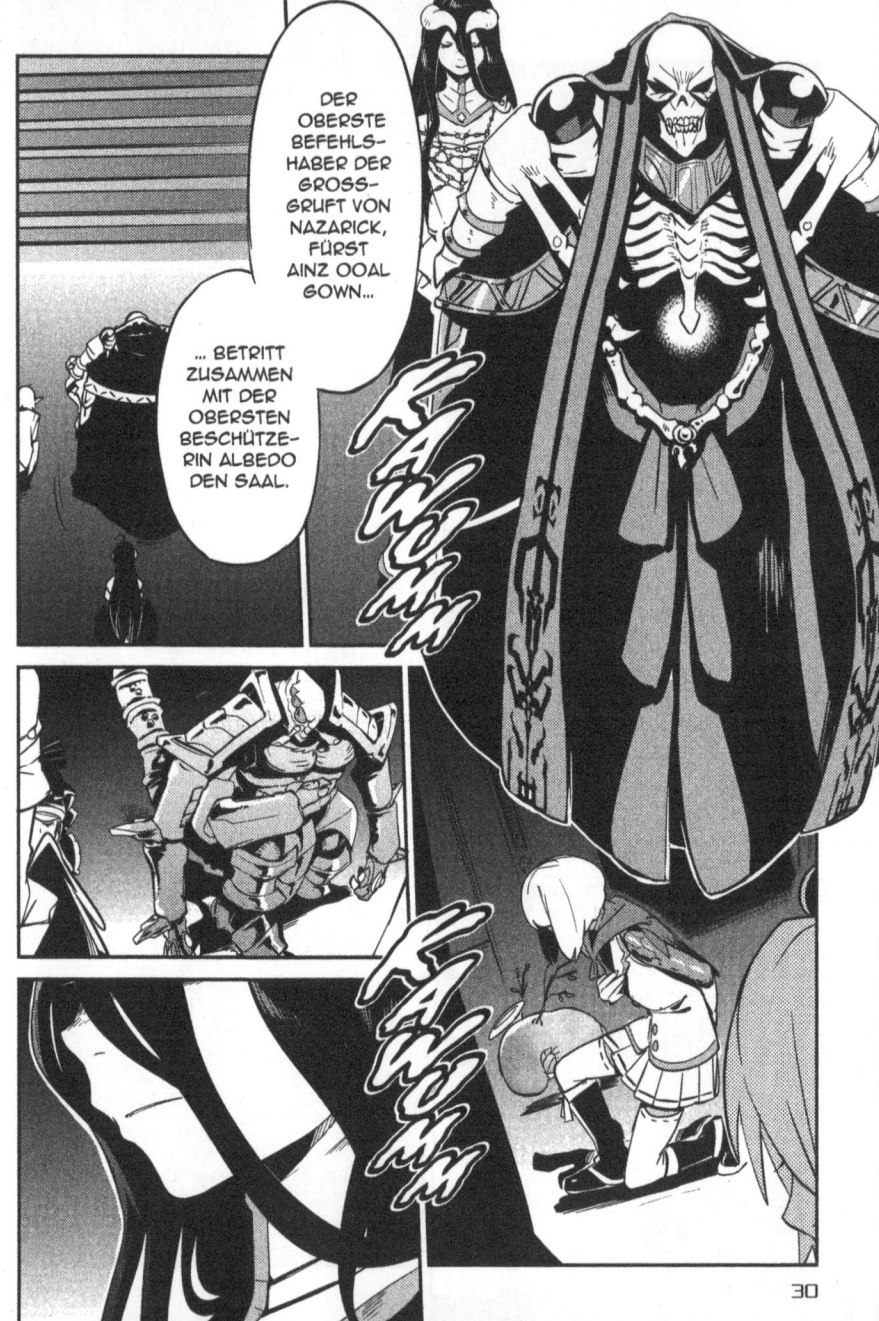

DER OBERSTE BEFEHLS-HABER DER GROSS-GRUFT VON NAZARICK, FÜRST AINZ OOAL GOWN...

... BETRITT ZUSAMMEN MIT DER OBERSTEN BESCHÜTZE-RIN ALBEDO DEN SAAL.

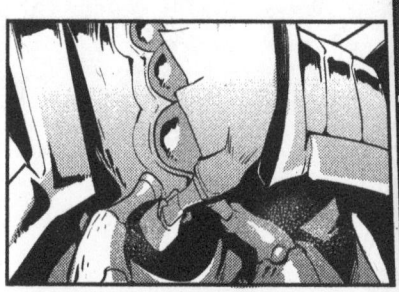

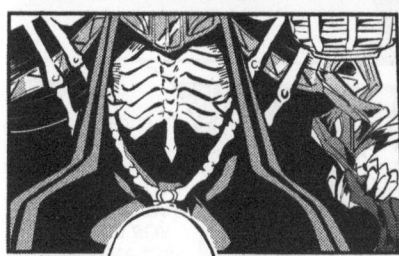

ERHEBT
EURE
HÄUPTER
...

... UND
BADET EUCH
IN DEM GLANZ
VON FÜRST
AINZ OOAL
GOWN...

GENAU
WIE IHR
ES BE-
FOHLEN
HABT.

HM.

FÜRST
AINZ, DIE
BESCHÜTZER
DER EBENEN
HABEN SICH
VOR EUCH
VERSAMMELT.

GUT, DASS
IHR EUCH HIER
VERSAMMELT
HABT.

ZUERST
MUSS ICH
MICH BE-
DANKEN.

ALS ERS-
TES BEI
DEMIURG!

JA.

INTERESSANT... VON WAS FÜR EINER ART TIER STAMMT ES DENN?

DA SIE DIE ZWEIBEINIGEN SCHAFE AUS DEM HEILIGEN KÖNIGREICH SIND, WÄRE DER NAME *ABERI-ON-SCHAFE* PASSEND, ODER?

DER NAME DES TIE-RES...

ZWEIBEINIGE SCHAFE... IST DAS EINE BESONDERE ART DIESER WELT?

DURCH ANWENDEN VON HEIL-MAGIE KANN MAN IHNEN SOFORT WIEDER DIE NEUE HAUT ABZIEHEN.

HÖCHST-WAHR-SCHEIN-LICH NICHT.

... ABER BESTEHT DIE GEFAHR, DASS DIESE ART DURCH EIN ÜBERMÄSSI-GES JAGEN BEDROHT WIRD?

BEI SCHAFEN UND ZIEGEN IST ES ÄHN-LICH...

ALS NÄCHSTES VICTIM.

JA, FÜRST AINZ.

NUN GUT. DANN FAHRE BITTE DAMIT FORT.

JA.

ICH HABE DICH AUS EINEM BESTIMMTEN GRUND GERUFEN.

DURCH DEN KOMPLETT UNVORHERGESEHENEN VORFALL BRAUCHE ICH DEINE SPEZIALFÄHIGKEIT, UM MICH UND DIE BESCHÜTZER ZU BESCHÜTZEN.

DURCH ANWENDEN DEINER FÄHIGKEIT WIRST DU ZWAR STERBEN, ABER ICH VERSPRECHE, DASS ICH DICH SOFORT WIEDERBELEBEN WERDE.

JE NACH UMSTÄNDEN WERDEN WIR DICH VIELLEICHT TÖTEN MÜSSEN, DAMIT DER FEIND NICHT ENTKOMMEN KANN.

WUSCH

VERGIB MIR.

ZAPPEL

MACHT EUCH DARÜBER KEINE GEDANKEN, FÜRST AINZ.

ICH BIN EUER DIENER UND EXISTIERE NUR, UM FÜR EUCH STERBEN ZU KÖNNEN.

ES GIBT NICHTS, WAS MICH GLÜCKLICHER MACHEN WÜRDE, ALS MEINE KRAFT EINSETZEN ZU DÜRFEN, UM EINEM ERHABENEN ZU HELFEN.

ACH SO...

ZAPPEL

DAS TRIFFT PERFEKT AUF DICH ZU, VICTIM.

»SEIN LEBEN FÜR SEINE FREUNDE AUFZUOPFERN...

... IST AUSDRUCK DER ULTIMATIVEN LIEBE.«

ICH WERDE GENAU AUF DEINE LIEBE ACHTEN.

SO STEHT ES IM EVANGELIUM, EINEM VON NAZARICKS GIMMICKS, GESCHRIEBEN.

ALS NÄCHSTES SHALLTEAR.

J... JA!

KOMM ZU MIR ...

NA GUT... SHALL- TEAR.

KOMM HER.

WUSCH

ES WAR AL-LEIN MEIN FEHLER.

FÜ... FÜRST AI...NZ?

DU HATTEST KEINE CHANCE GEGEN EINEN SO MÄCHTIGEN GEGEN-STAND.

ICH LIEBE EUCH ALLE, DIE IHR ZU NAZARICK GEHÖRT.

NATÜR-LICH AUCH DICH.

WILLST DU WIRKLICH, DASS ICH DIR EINE STRAFE GEBE, OBWOHL DICH KEINE SCHULD TRIFFT?

AAH, FÜRST AINZ LI...IEBT MICH?!!

IST SCHON GUT, SHALLTEAR.

WEINE NICHT. DAS STEHT EINER SCHÖNEN FRAU DOCH NICHT.

NUN GE...

FÜRST AINZ!

GUT, SHALL-TEAR.

COCYTUS...

ES FOLGEN EINIGE WORTE VON FÜRST AINZ FÜR DICH.

HÖR GENAU ZU.

... HABE ICH GENAU BEOB-ACHTET, COCYTUS.

JA.

DEINE SCHLACHT MIT DEN ECHSEN-MENSCHEN...

KAWUMM

MEIN VERSAGEN IN DIESER SACHE IST NICHT ZU ENTSCHULDI-GEN.

ICH...

SIE ENDETE MIT EINER NIE-DERLAGE, RICHTIG?

42

HUCH?

COCYTUS...

ICH ENT-
SCHULDIGE
MICH!

... WENN
DU DICH
ENTSCHUL-
DIGST, DANN
ERHEBE
DABEI DEIN
HAUPT.

COCYTUS...

HAST DU
IRGENDETWAS
GESPÜRT, ALS
DIE ARMEE
UNTER DEI-
NER LEITUNG
KÄMPFTE?

... ICH
MÖCHTE DEINE
MEINUNG ALS
UNTERLEGENER
TRUPPENFÜH-
RER HÖREN.

JA.

WENN MAN DIE WAFFEN DER ECHSEN-MENSCHEN BEDENKT...

ES FEHLTE AN FÜHRUNG.

ES HÄTTE JEMANDEN GEBRAUCHT, DER DIE NIE-DEREN UNTO-TEN ANWEIST.

... HÄTTE MAN SIE LEICHT MIT ZOMBIES ERMÜDEN ODER MIT DER GESAMTEN AR-MEE ÜBERREN-NEN KÖNNEN...

HM? UND WAS WAR AUS-SERGE-WÖHNLICH?

...

HERVOR-RAGEND.

ES TUT MIR SEHR LEID, ABER DA FÄLLT MIR JETZT NICHTS EIN...

BIS AUF DEN AHNENLICH WAREN DAS NUR ZUFÄLLIG AUFTAUCHENDE UNTOTE GEWESEN.

WENN DU IN ZUKUNFT DARAUF ACHTEST, NICHT ERNEUT SO EINEN FEHLER ZU BEGEHEN, DANN HAT DIESER FEHLSCHLAG EINEN SINN GEHABT.

DER VERLUST WIRD KEINEN EINFLUSS AUF NAZARICK HABEN.

ES ERGIBT VIEL EHER SINN, DASS DU DARAUS ETWAS GELERNT HAST.

JEDOCH...

VIELEN DANK, FÜRST AINZ.

UND DIESES MAL OHNE DABEI HILFE VON ANDE-REN ANZU-NEHMEN.

ICH BITTE EUCH!

FÜRST AINZ!

DU NARR!

DU HAST NAZARICK EINE NIEDERLAGE EINGEBRACHT UND WENDEST DICH DENNOCH MIT EINER BITTE AN FÜRST AINZ?!

ERKENNST DU DEINE LAGE NICHT?!

FORT MIT DI...

IST SCHON GUT, AL-BEDO.

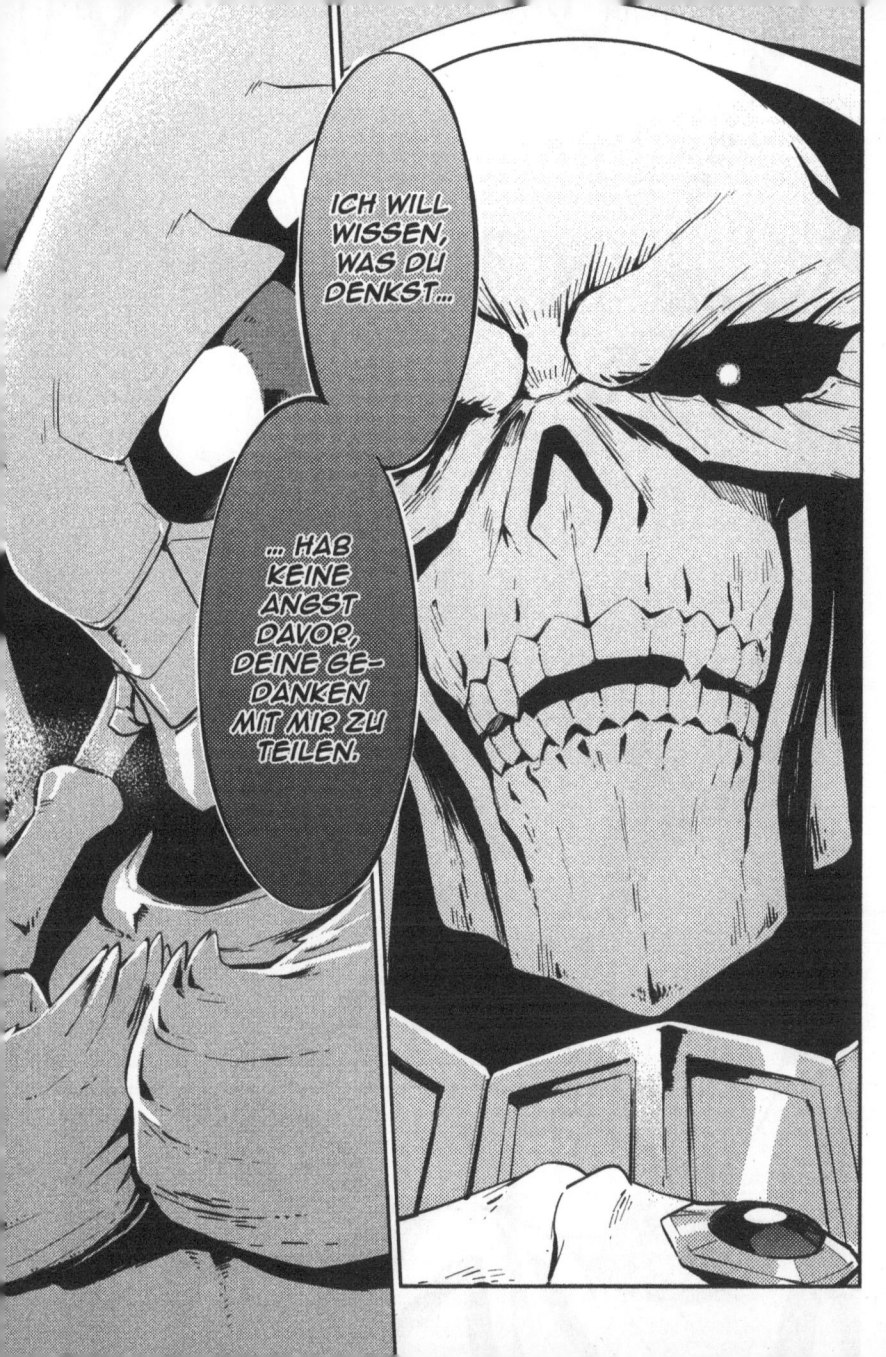

ICH BIN DA- GEGEN...

... DIE ECHSEN- MENSCHEN AUSZULÖ- SCHEN.

ZEIGT BITTE ER- BARMEN.

Episode:23
OVERLORD

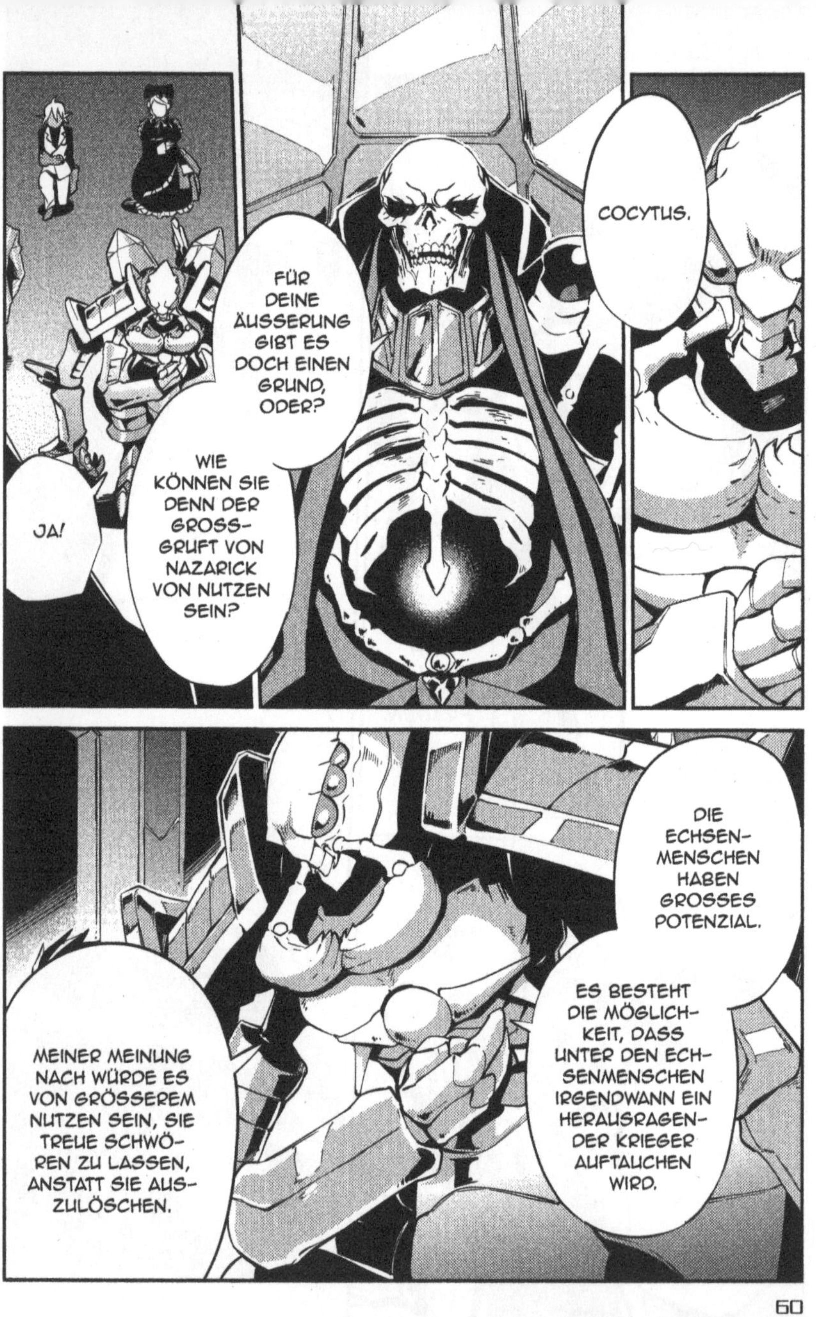

COCYTUS.

FÜR DEINE ÄUSSERUNG GIBT ES DOCH EINEN GRUND, ODER?

WIE KÖNNEN SIE DENN DER GROSS-GRUFT VON NAZARICK VON NUTZEN SEIN?

JA!

DIE ECHSEN-MENSCHEN HABEN GROSSES POTENZIAL.

ES BESTEHT DIE MÖGLICH-KEIT, DASS UNTER DEN ECH-SENMENSCHEN IRGENDWANN EIN HERAUSRAGEN-DER KRIEGER AUFTAUCHEN WIRD.

MEINER MEINUNG NACH WÜRDE ES VON GRÖSSEREM NUTZEN SEIN, SIE TREUE SCHWÖ-REN ZU LASSEN, ANSTATT SIE AUS-ZULÖSCHEN.

DESWEGEN HABE ICH DIE LEICHEN DER ECHSEN-MENSCHEN BENUTZT, UM DAMIT UNTOTE ZU ERZEUGEN.

IN DER TAT KANN ICH DIESE IDEE NACHVOLLZIEHEN.

JEDOCH WAREN SIE NUR UNTOTE AUF DEM NIVEAU VON MENSCHLICHEN.

... HABEN UNTOTE DEN VORTEIL, DASS SIE EINEN NICHT VERRATEN KÖNNEN UND KEINE LEBENSMITTEL BRAUCHEN.

JEDOCH...

KANNST DU MIR HINGEGEN EINEN NUTZEN VERRATEN, SIE AM LEBEN ZU LASSEN?

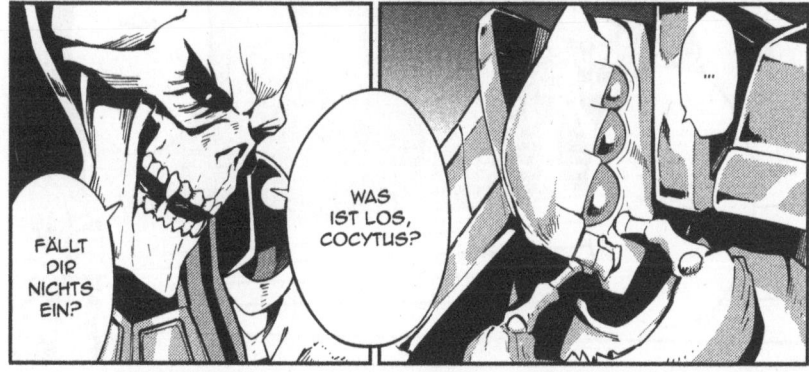

...

WAS IST LOS, COCYTUS?

FÄLLT DIR NICHTS EIN?

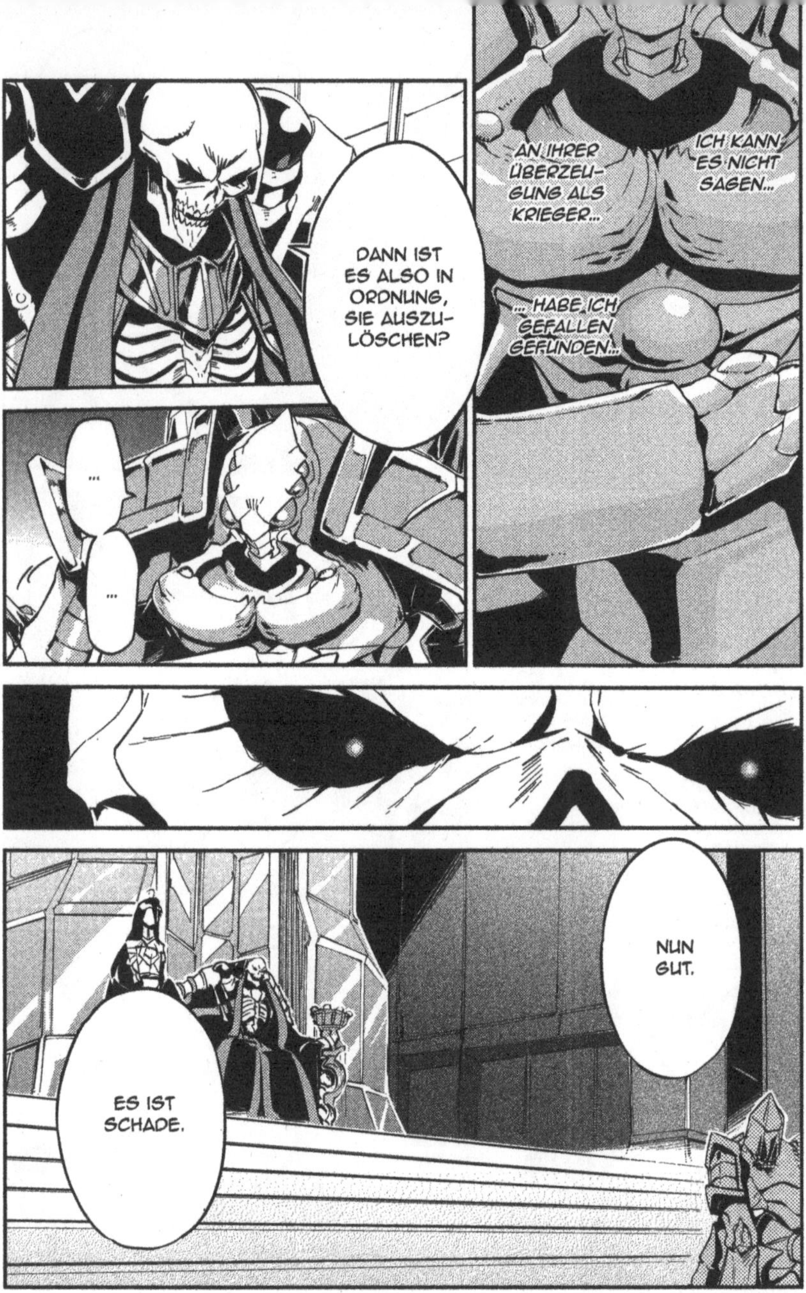

AN IHRER ÜBERZEU-GUNG ALS KRIEGER...

ICH KANN ES NICHT SAGEN...

... HABE ICH GEFALLEN GEFUNDEN...

DANN IST ES ALSO IN ORDNUNG, SIE AUSZU-LÖSCHEN?

...

...

NUN GUT.

ES IST SCHADE.

ICH WEISS, DASS IHR EUCH IM KLAREN SEID, WIE WICHTIG EXPERIMENTE SIND.

SOLLTEN WIR NICHT VIELLEICHT PROBIEREN, DIE ECHSENMEN- SCHEN FÜR EIN EXPERIMENT ZU NUTZEN?

OHO. DAS IST EIN INTE- RESSANTER VORSCHLAG.

ALS EXPERIMENT, WIE MAN ANDERE VÖLKER BEHERRSCHEN KANN, SOLLTEN WIR DAHER VIELLEICHT DAS DORF DER ECHSENMENSCHEN KONTROLLIEREN.

IN ZUKUNFT WIRD NAZARICK ZU EINER MACHT WERDEN, DIE UNTERSCHIEDLICHSTE WESEN ANFÜHRT.

ICH SCHLAGE VOR, DASS WIR PROBIEREN, SIE OHNE FURCHT ZU BEHERRSCHEN.

VIELEN DANK.

EIN HERVORRAGENDER VORSCHLAG, DEMIURG.

DANN WIRD DIE ECHSENMENSCHENGRUPPE AUF RATSCHLAG VON DEMIURG...

WENN JEMAND EINWÄNDE HAT, DANN SOLL ER JETZT DIE HAND HEBEN.

... NICHT AUSGELÖSCHT, SONDERN EROBERT.

ABER
DEMIURG...

ES
SCHEINT
KEINE EIN-
WÄNDE ZU
GEBEN.

DEINE
HERVORRA-
GENDE IDEE
HAT MICH
BEWEGT.

FÜRST
AINZ.

HABT
IHR NICHT
DARAUF
GEWARTET,
DASS COCY-
TUS IHN
ÄUSSERT?

IHR
HATTET
DIESEN
EINFALL
DOCH
AUCH
LÄNGST
GEHABT.

WUSCH!

ICH HABE...

... NICHT EINMAL DIESE ABSICHT MEINES FÜRSTEN BEMERKT...

DU ÜBERSCHÄTZT MICH.

DEMIURG...

ICH WOLLTE NUR...

... DASS ER SEINE EIGENEN GEDANKEN OHNE ANGST VORTRÄGT...

HÖR GUT ZU!

WICHTIG IST...

... DASS IHR NICHT EINFACH BLIND DIE BEFEHLE BEFOLGT, SONDERN MEINE WAHREN ABSICHTEN DAHINTER ERKENNT.

DENKT NACH, WAS NAZARICK DEN GRÖSSTEN NUTZEN BRINGEN MAG.

SOLLTE ES EINEN FEHLER IM BEFEHL GEBEN, SELBST WENN ER VON MIR KOMMT...

... DANN MUSS MAN SICH TRAUEN, DIES MITZUTEILEN. AUCH MIR GEGENÜBER.

ABER KEHREN WIR ZUM THEMA ZURÜCK.

JA.

ICH SOLLTE DIE ECHSEN-MENSCHEN AUSLÖ-SCHEN...

COCYTUS, ICH HABE GESAGT, DASS ICH DICH BE-STRAFEN WERDE.

MEINEN BEFEHL ÄNDERE ICH NUN: UNTER-WIRF SIE UNSEREM WILLEN!

GENAUSO ÄNDERE ICH AUCH DEINE BESTRA-FUNG.

ICH, COCY-TUS...

... VERSPRE-CHE, DASS ICH DIE AUFGABE DANK EURER BARMHERZIG-KEIT ERFÜLLEN WERDE, FÜRST AINZ!

UND SOLLTEN WIR VON EINER DRITTEN MACHT BEOBACHTET WERDEN...

... SOLL DIESE UNSERE AKTIONEN AUCH MISSVERSTEHEN?

ALBEDO.

BEREITE AUCH MEINE TRUPPEN FÜR DEN EINSATZ VOR.

VERSTANDEN.

GANZ GENAU.

OBWOHL ICH IN IHNEN FURCHT VOR UNS ER WECKEN MÖCHTE.

DIE NAZARICK-ALTENWACHE IST AUSREICHEND STARK...

EIN PASSENDER EINFALL VON DER OBERSTEN BESCHÜTZERIN.

... DANN MIT EINER BEEINDRUCKENDEN ARMEE, BEI DER DIE NAZARICK-ALTENWACHE IM ZENTRUM STEHT?

WIE WÄRE ES...

WIE VIELE SIND ES?

UNGEFÄHR DREITAU-SEND.

DANN WÄREN DA NOCH DIE NAZARICK-AHNENWACHE ...

... UND DIE NAZA-RICK-MEISTER-WACHE, DIE SIE UNTERSTÜTZEN KÖNNTE.

DAS SIND WENIGE. DAMIT IHNEN RICHTIG ANGST EIN-GEJAGT WIRD, HÄTTE ICH GERNE DAS DOPPELTE.

GUT!

UND GIBT ES EIN PRO-BLEM DAMIT, GARGANTUA ZU BEWEGEN?

NATÜR-
LICH
NICHT.

ER KANN
JEDERZEIT
BEWEGT
WERDEN.

DANN, SHALLTEAR ...

... VERWENDEST DU »PORTAL«, UM DIE EINHEI-TEN AUF EINEN SCHLAG ZU BEWEGEN.

MEINE MAGISCHEN FÄHIGKEITEN ALS EINZEL-PERSON SIND BEGRENZT.

DANN LASS DIR VON PESTONYA HELFEN UND DEINE MAGIE AUFLADEN.

SOLLTE DAS NICHT REICHEN, DANN BITTE AUCH LUPUS-REGINA UM HILFE.

VERSTAN-DEN.

NA DANN...

ICH BEDANKE MICH BEI DIR, DEMIURG.

NEIN, DAS BRAUCHST DU DOCH NICHT.

DOCH. ICH MUSS.

WÄRST DU NICHT GEWESEN, WÄREN DIE ECHSENMENSCHEN AUSGELÖSCHT WORDEN.

WAHRSCHEINLICH HAT SICH FÜRST AINZ GENAU DIESES ERGEBNIS GEWÜNSCHT.

COCYTUS...

NICK
NICK

DAS IST UNSER FÜRST AINZ! ER HAT BIS JETZT ALLES PERFEKT VORHERGESEHEN!

FÜR MICH SAH FÜRST AINZ ÄUSSERST GLÜCKLICH AUS, DASS DU DAGEGEN WARST, DAS DORF DER ECHSENMENSCHEN ZU VERNICHTEN.

ER HATTE ERWARTET, DASS DU WIE EBEN DEINE MEINUNG SAGST...

... UND HATTE DICH DESWEGEN ZUM HEERESFÜHRER GEMACHT.

FÜRST AINZ IST NICHT NUR EIN GENIE, DAS ES MIT SHALLTEAR IM KAMPF AUFNEHMEN KANN...

... SONDERN BESITZT AUCH EIN UNSCHLAGBARES GESPÜR FÜR STRATEGIE.

ER IST WIRKLICH ZU GROSSARTIG...

OHNE COCYTUS EINSTELLUNG ZU KENNEN, HÄTTE ER NIE SO EINEN PLAN SCHMIEDEN KÖNNEN.

WIR KÖNNEN UNS ALLE NUR VOR IHM VERNEIGEN ...

HACH...

BOMPF

Privatgemach von Ainz

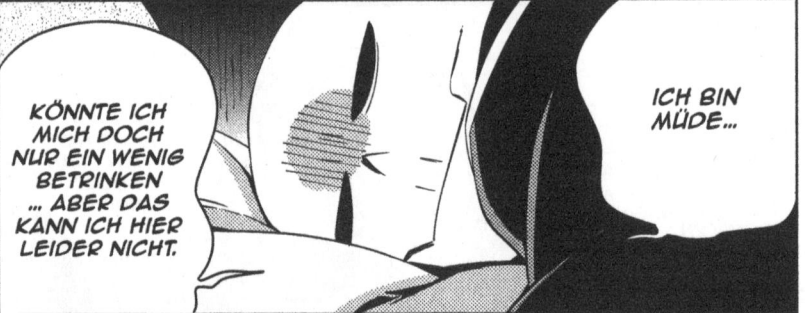

KÖNNTE ICH MICH DOCH NUR EIN WENIG BETRINKEN ... ABER DAS KANN ICH HIER LEIDER NICHT.

ICH BIN MÜDE...

WER HÄTTE GE-DACHT...

... DASS COCYTUS SO ETWAS AUSSPRE-CHEN WÜRDE...

ROLL

ROLL

DAS WAR KOMP-LETT UN-ERWARTET.

HMM...

UND DENNOCH...

OHO.

ABER JETZT WEISS ICH, DASS DIE BESCHÜTZER »WACHSEN« KÖNNEN.

DAS IST EIN GROSSER FORTSCHRITT.

WENN SIE WEITERHIN WACHSEN SOLLTEN, WERDEN SIE MICH VIELLEICHT IRGENDWANN IM STICH LASSEN...

FÜRST DER FURCHT & GASHOKU-KOCHUO

...

GIBT ES DENN NIEMANDEN, DER IHNEN THEOKRATISCHE GEDANKEN EINTRICHTERN KÖNNTE?

ACH... DAS IST ZU GRUSELIG.

UND DENNOCH...
RIECH
DAS RIECHT NACH BLUMEN...
HAT SIE ETWA IHR PARFÜM IN MEINEM BETT VERSPRÜHT?
BLINZEL

CRUSCH... CRUSCH!

SCHWPP

HM...

SCHÜTTEL

REIB.

IRGENDWAS IST PASSIERT.

...!

WOOOOH

Episode:24
OVERLORD

SIE SIND
ALSO
ZURÜCK-
GEKOM-
MEN?

SCHIEB

PLATSCH

PLATSCH

JA...

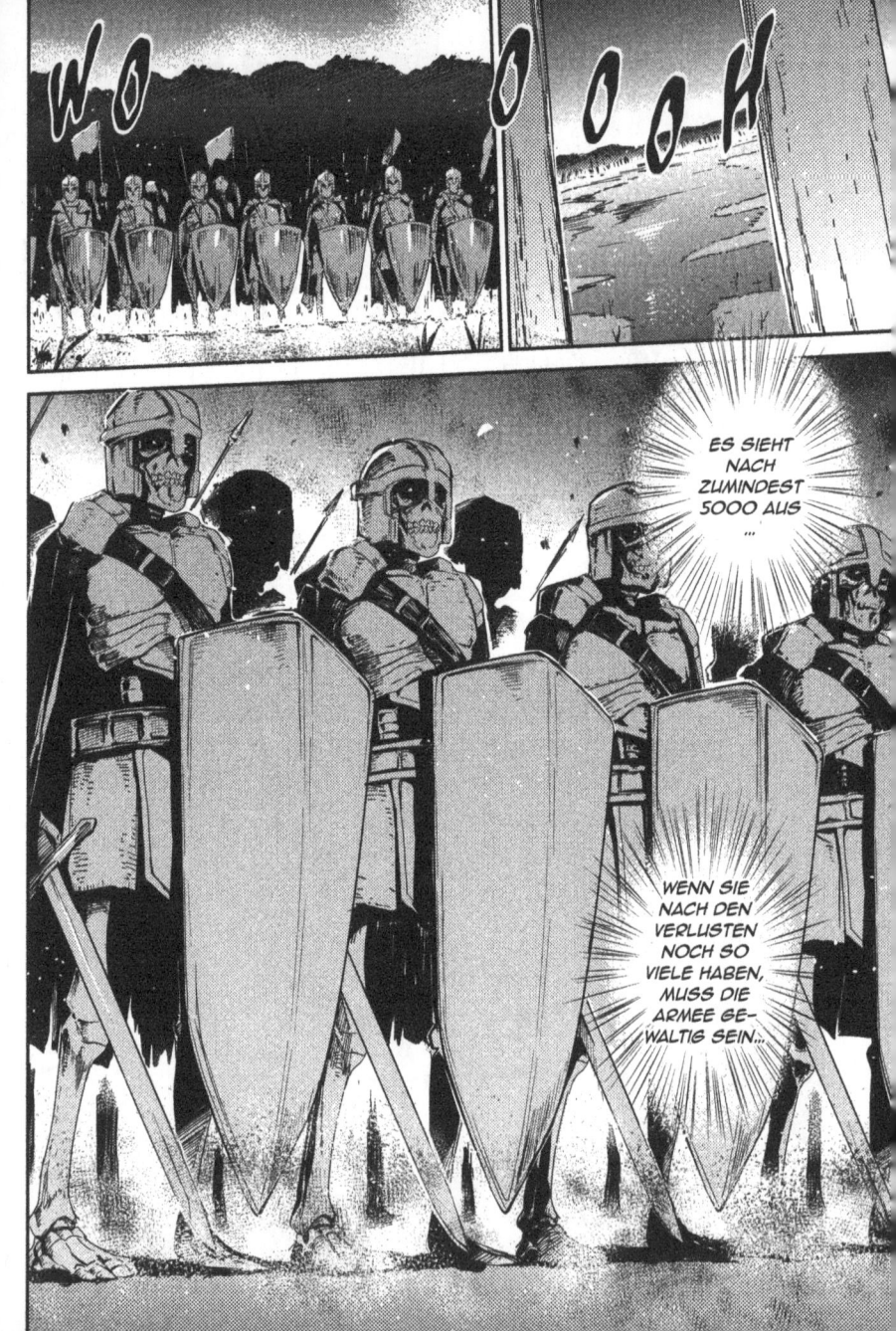

WIE?

UNMÖG-
LICH...

DAS
KANN
NICHT
SEIN...

SIE
HABEN
MAGISCHE
WAFFEN?!

AUCH DIE
RÜSTUNGEN
UND DIE
SCHILDE.

HABT IHR
ES AUCH
BEMERKT?

SIE SIND
KOMPLETT
MAGISCH
AUSGERÜSTET.

OO UWF

KNACK
KNACK

HO OO

DIESES
MONSTER!

!

BAMM

GEH NICHT
VON HIER
WEG!

URGH
...!

DER GEGNER WIRD SICH GLEICH IN BEWEGUNG SETZEN.

WARUM, BRUDER?!

WILLST DU DICH UN- BEDACHT IN DEN KAMPF STÜRZEN?

DABEI SOLLTE ES DINGE GEBEN, DIE DU ALS EINZIGER KÖN- NEN SOLLTEST, NACHDEM DU DIE WELT BE- REIST HAST!

HÄ?

ETWAS, DAS NUR ICH KANN?

KNIRSCH

WIR WERDEN JETZT AUF EUCH »SCHUTZ- ENERGIE: EIS« WIR- KEN...

CRUSCH, HILF AUCH BITTE MIT...

... DANN ENTFERNT EUCH VOM EIS UND VERTEILT EUCH IM DORF.

UND HEPP.

SOLLTEST DU ETWAS ÜBERSEHEN, WERDEN WIR NICHT GLEICH SAUER AUF DICH.

WENN MAN SICH ZU SEHR VERSTEIFT, VERLIERT MAN SCHNELL DEN ÜBERBLICK.

ENTSPANN DICH EIN WENIG.

HE...

STIMMT ...

DU BIST JA AUCH NOCH HIER.

MACH DIR DA MAL NICHT ALL- ZU GROSSE HOFFNUN- GEN.

DANKE.

IST SCHON GUT.

... DAS IST WIRKLICH EIN MONSTER.

ABER...

WUMM

WUSCH

JA.

GANZ ANDERS ALS WIR...

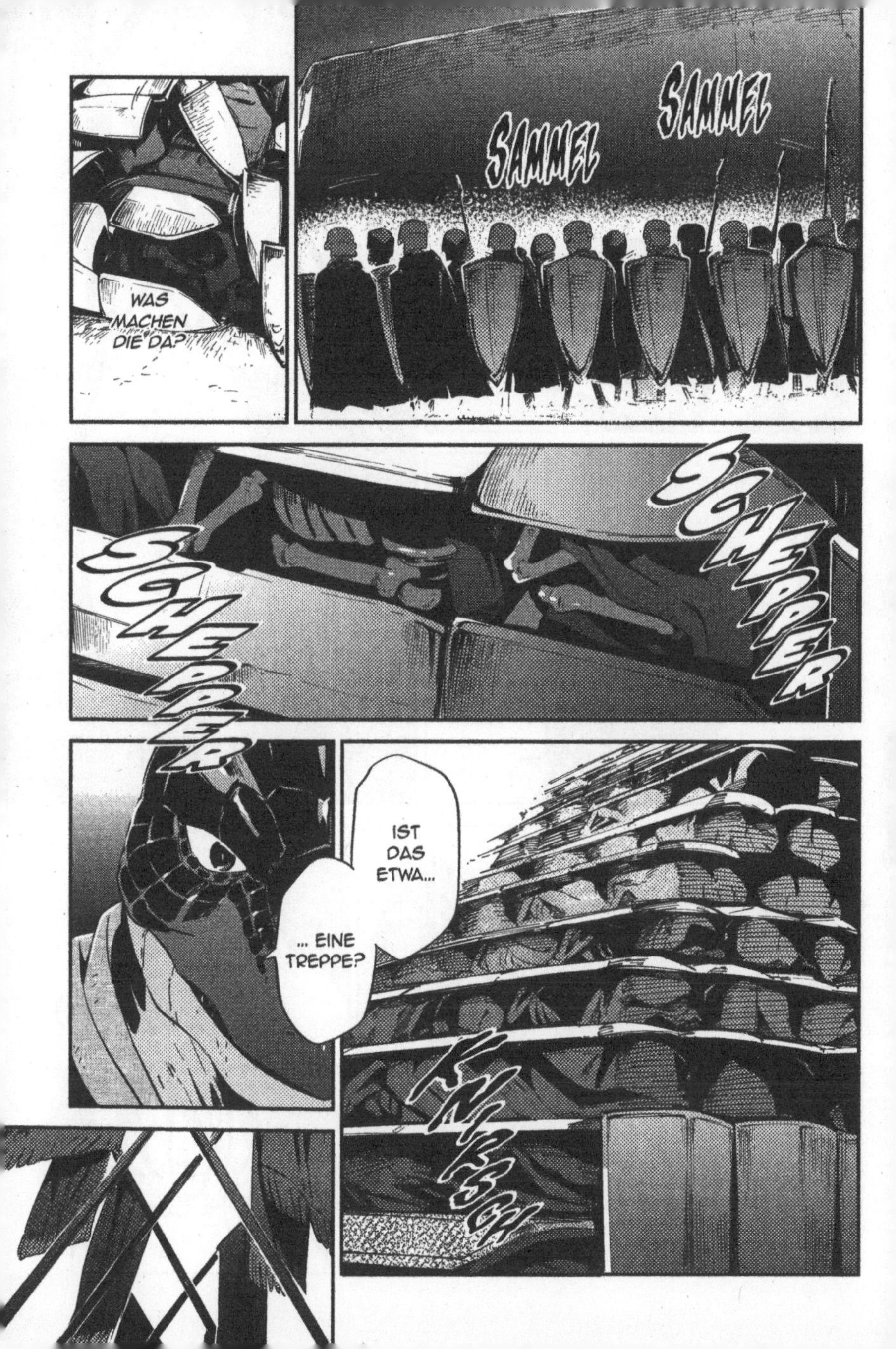

WAS
MACHEN
DIE DA?

SAMMEL

SAMMEL

SCHEPPER

SCHEPPER

IST
DAS
ETWA...

... EINE
TREPPE?

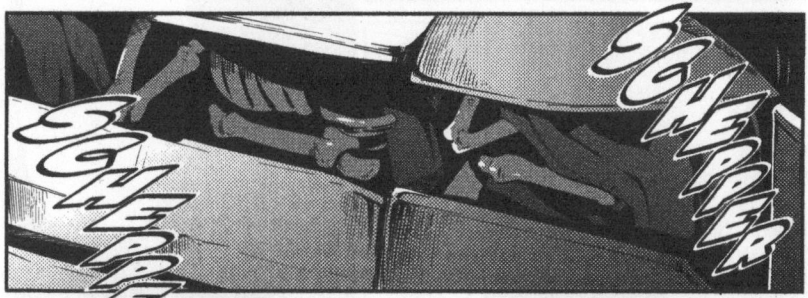

KNIRSCH

DAS
IST...

DER PFAD
FÜR EINEN
KÖNIG.

DIE HATTEN
DOCH VER-
SUCHT, VOR
ZWEIHUNDERT
JAHREN DIE
WELT ZU VER-
NICHTEN...

IST
DAS...
EINE
DÄMO-
NIN?

UNMÖG-
LICH...

NEIN,
DA SIE
UNS NICHT
DIREKT AN-
GREIFEN...

Ä...ÄHM,
WAS
MACHEN
WIR JETZT,
ZARYUSU?

... SCHEINEN
SIE IR-
GENDETWAS
SAGEN ZU
WOLLEN.

SOLLEN
WIR DIE
FLUCHT
VORBE-
REITEN?

IST
DAS...

BWSOOM

WOLLTEN SIE UNS DAS SA-GEN?

WUSCH

DAMM

HÄ?!

SIE HAT SO VIELE MONSTER...

... IN EINEM AUGENBLICK AUSGE-LÖSCHT?!

SELBST SEINE BE-GLEITER...

...BESITZEN EBENBÜRTIGE KRÄFTE WIE DER HERRSCHER ÜBER DEN TOD...

KNURR

BRUDER!

DAS IST ALSO DER ANFÜH-RER DER FEINDE?

SCHIEB

BRUDER
...

... WEGEN DER NACH-RICHT VON DEN BOTEN EBEN...

ER ÄHNELT DEM AH-NENLICH, DEN IHR BESIEGT HABT...

... ABER KRÄFTE-MÄSSIG IST ER NICHT ZU VERGLEI-CHEN.

... KANNST DU MICH BE-GLEITEN?

ZARYUSU
...

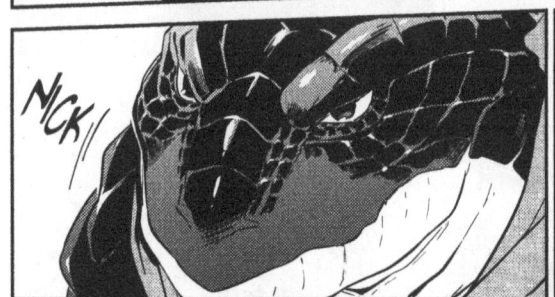

NICK

... KANN ICH MEINEN BRUDER NICHT ALLEINE GEHEN LASSEN...

BEI DER ANZAHL DER GEG-NER...

...

IST DAS EINE ART, DAS WORT GEGEN UNSEREN HERRN ZU RICHTEN...
... DEMIURG?
»Auf die Knie!«
WUMM

MEI...MEIN KÖRPER!

WUMM

KNIRSCH

SIE HABEN EINE PASSENDERE HALTUNG EINGENOMMEN.

FÜRST AINZ.

»Ich erlaube euch, eure Häupter zu erheben.«

KNIRSCH

ERHEBT EURE HÄUPTER.

ICH
...

... BIN HERR-
SCHER DER
GROSSGRUFT
VON NAZARICK
UND HEISSE
AINZ OOAL
GOWN.

DANKE,
DASS IHR
BEI MEINEM
LETZTEN
EXPERIMENT
MITGEHOLFEN
HABT.

DIE SCHLACHT
WAR ... NUR EIN
EXPERIMENT?!

ICH
HABE
EINEN
VOR-
SCHLAG
FÜR
EUCH...

... WERDET
ZU MEINEN
UNTER-
TANEN.

WUSCH

IN VIER STUNDEN...

... WERDEN WIR ERNEUT MIT DEN ANGRIFFEN BEGINNEN.

SOLLTET IHR AUCH DIESMAL EINEN SIEG ERRINGEN...

... VERSPRE-CHE ICH, DASS WIR UNS KOM-PLETT ZU-RÜCKZIEHEN WERDEN.

ANGREIFEN ... WERDET ALSO IHR, MEISTER GOWN?

ZUCK

DAS HEISST »FÜRST«!

ZUCK

ANGREIFEN WIRD EINER MEINER VERTRAUTEN...

... UND ZWAR GANZ ALLEINE.

SEIN NAME IST COCYTUS.

SAG BITTE KEINE ENTTÄUSCHENDEN DINGE.

WIR KAPITU...

WILL ER DAMIT SAGEN, DASS DIESER ANGREIFER STÄRKER ALS EINE ARMEE AUS 5000 KRIEGERN IST?

DANN WÄRE UNSERE GEWINNCHANCE SCHON JETZT...

EIN WENIG KÖNNT IHR DOCH KÄMPFEN.

ICH MÖCHTE EIN WENIG DEN SÜSSEN NEKTAR EINES SIEGES SCHMECKEN.

BITTE WARTET.

KÖNNT IHR DIESES EIS SCHMELZEN?

JA...

DIE UNTERHALTUNG IST BEENDET.

ICH FREUE MICH DARAUF, IN VIER STUNDEN AMÜSIERT ZU WERDEN.

HABT VIEL SPASS...

... ECHSEN-MENSCHEN.

WUWUMM

WUWUMM

KRRSCH

SCHEISSE...

WIR SIND UMZINGELT, DAHER...

... SOLLTE EINE FLUCHT UNMÖGLICH SEIN.

WAS MACHEN WIR NUN?

WIR WERDEN ALLE KRIEGER DER ECHSEN-MENSCHEN MOBILISIEREN MÜSSEN.

AUCH ALLE, DIE HIER SIND...

BRUDER...

UNSER GEGENÜBER MÖCHTE UNS SEINE MACHT ZEIGEN...

... UND MÖCHTE UNS NICHT ALLE UM-BRINGEN...

ES BRAUCHT EINEN ANFÜHRER, DER DIE ÜBERLE-BENDEN ANFÜHRT.

?

KÖNNEN WIR ES BEI FÜNF ANFÜHRERN BELASSEN?

WÄRE DAS NICHT IN ORDNUNG? ICH BIN GLEICHER MEINUNG.

DAS ERGIBT SINN...

DANN MACHEN WIR DAS SO.

ZARYUSU HAT RECHT.

CRUSCH BLEIBT HIER.

WIR BRAUCHEN ALSO JEMANDEN UNTER DEN ÜBERLEBENDEN, DER UNS HOFFNUNG SCHENKEN KANN... ODER?

DAS ZIEL UNSERES GEGNERS IST...

... SEINE ÜBERRAGENDE MACHT ZU ZEIGEN UND UNS VERZWEIFELN ZU LASSEN.

EINEN MOMENT MAL! ICH WERDE MITKÄMPFEN!

WENN JEMAND ÜBERLEBEN SOLLTE, DANN WÄRE SHASRYU SHASHA DOCH PASSENDER!

ZARYU-SU.

ICH WERDE MITKOM-MEN.

ALS DU MICH HIERHER-GERUFEN HAST, WARST DU DOCH DAZU ENT-SCHLOSSEN!

DIE SITUA-TION ZU DAMALS HAT SICH GEÄNDERT.

WENN EINER ZURÜCK-BLEIBT, DANN WÄRE DAS DAS BESTE.

DU MACHST WOHL SCHERZE!

PATSCH

ZARYUSU, ÜBERREDE DU SIE.

WIR SEHEN UNS IN VIER STUNDEN WIEDER.

ICH KANN DAS AUF KEINEN FALL AK-ZEPTIEREN!

CRUSCH, BITTE VERSTEH DOCH.

SAGST DU ETWA, ICH SOLL EINFACH ZUSEHEN, WIE DU STIRBST?
IN NUR EINEM KURZEN AUGENBLICK...
... HAST DU MEINEM HERZEN SOLCHE FESSELN ANGELEGT.
...
...
BITTE, ICH WILL VON DIR BEFRUCHTET WERDEN...

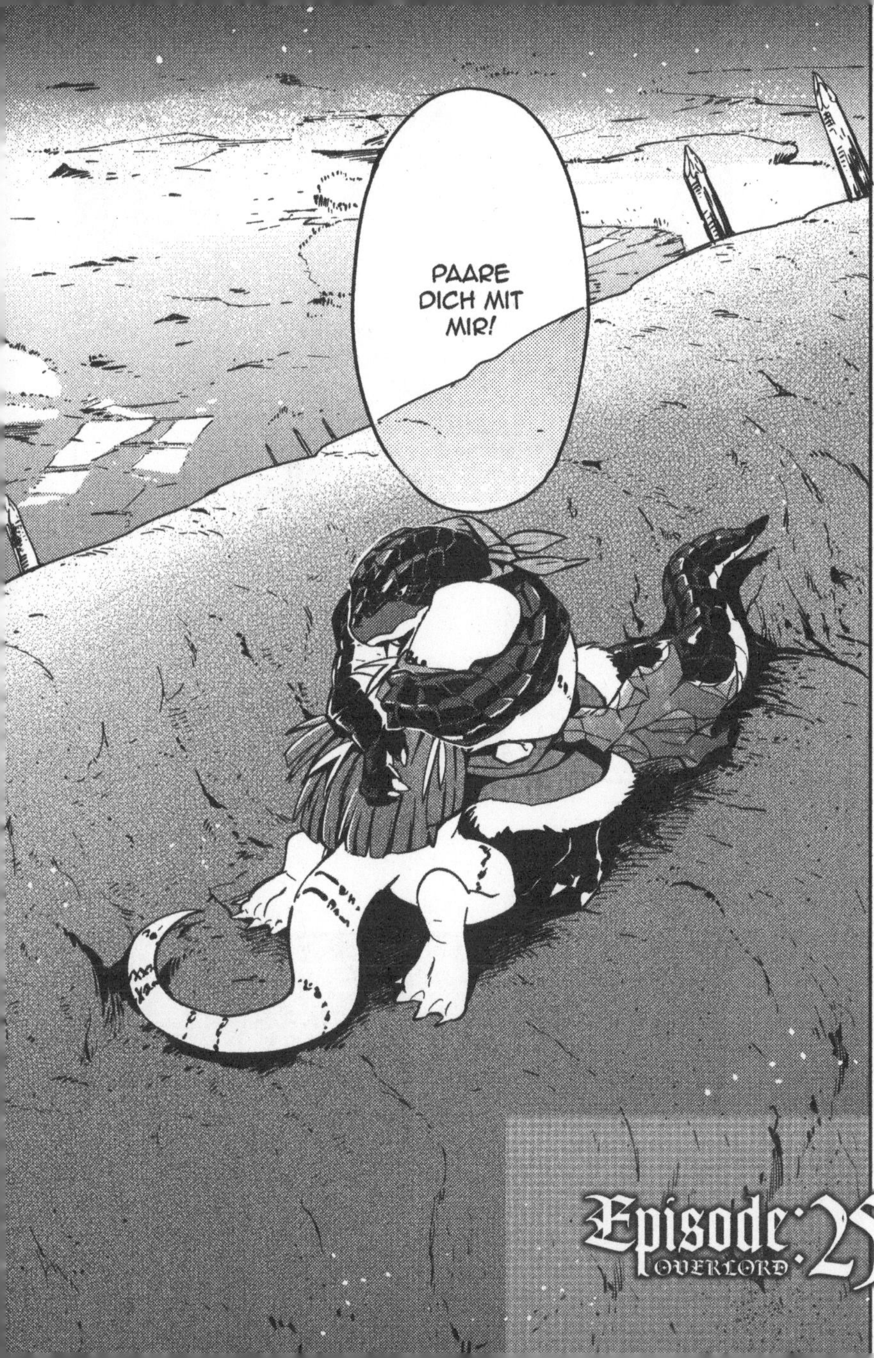
PAARE DICH MIT MIR!
Episode: 25
OVERLORD

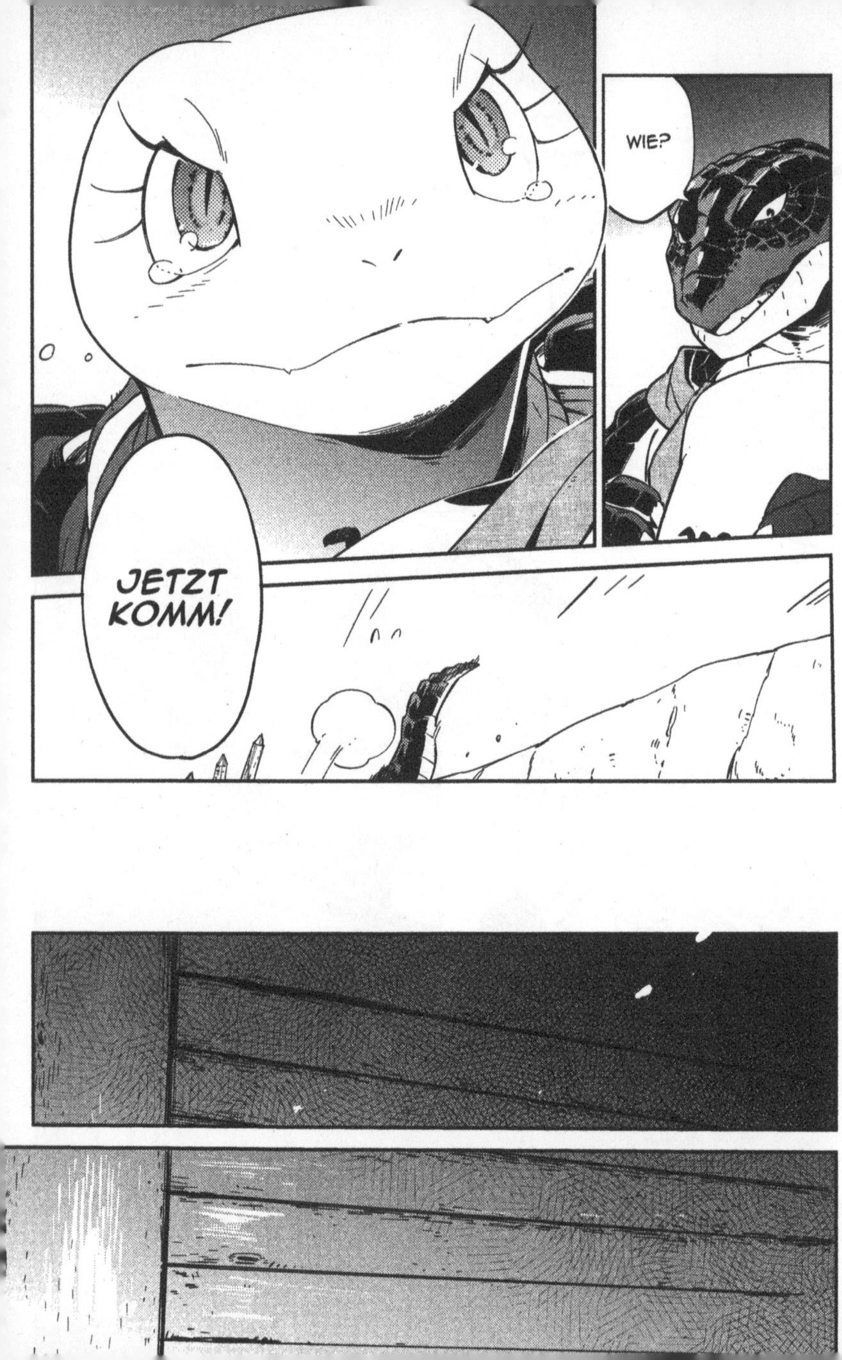

WIE?

JETZT KOMM!

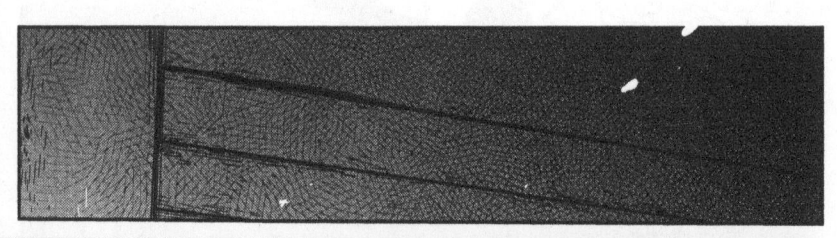

DIESER ORT IST GAR NICHT ÜBEL...

ICH HÄTTE NICHT GEDACHT...

TUT MIR LEID, DASS ES SO SCHMUTZIG IST...

I...

... DASS IHR EUCH HIER AUFHALTEN WÜRDET, FÜRST AINZ.

NEIN.

MIR TUT ES LEID, DASS ICH DICH DAZU GEZWUN-GEN HABE, AURA.

DA DU DIESEN ORT FÜR MICH ERBAUT HAST, IST ER NAZARICK MEHR ALS GERECHT.

JA...

WAS SOLL DAS SEIN?

ABER EINE FRA-GE HABE ICH, AURA.

MICH DARAUF ZU SETZEN IST DENNOCH...

ER IST ZWAR SIMPEL, ABER WIR HABEN EINEN THRON VOR-BEREITET.

SHALL-TEAR...

ICH HATTE DIR DOCH VERSPRO-CHEN, DICH ZU BESTRA-FEN.

WIR HABEN DIE GUTEN TEILE VON GREIFEN UND HARPY-IEN GESAM-MELT.

WAS SIND DAS FÜR KNO-CHEN?

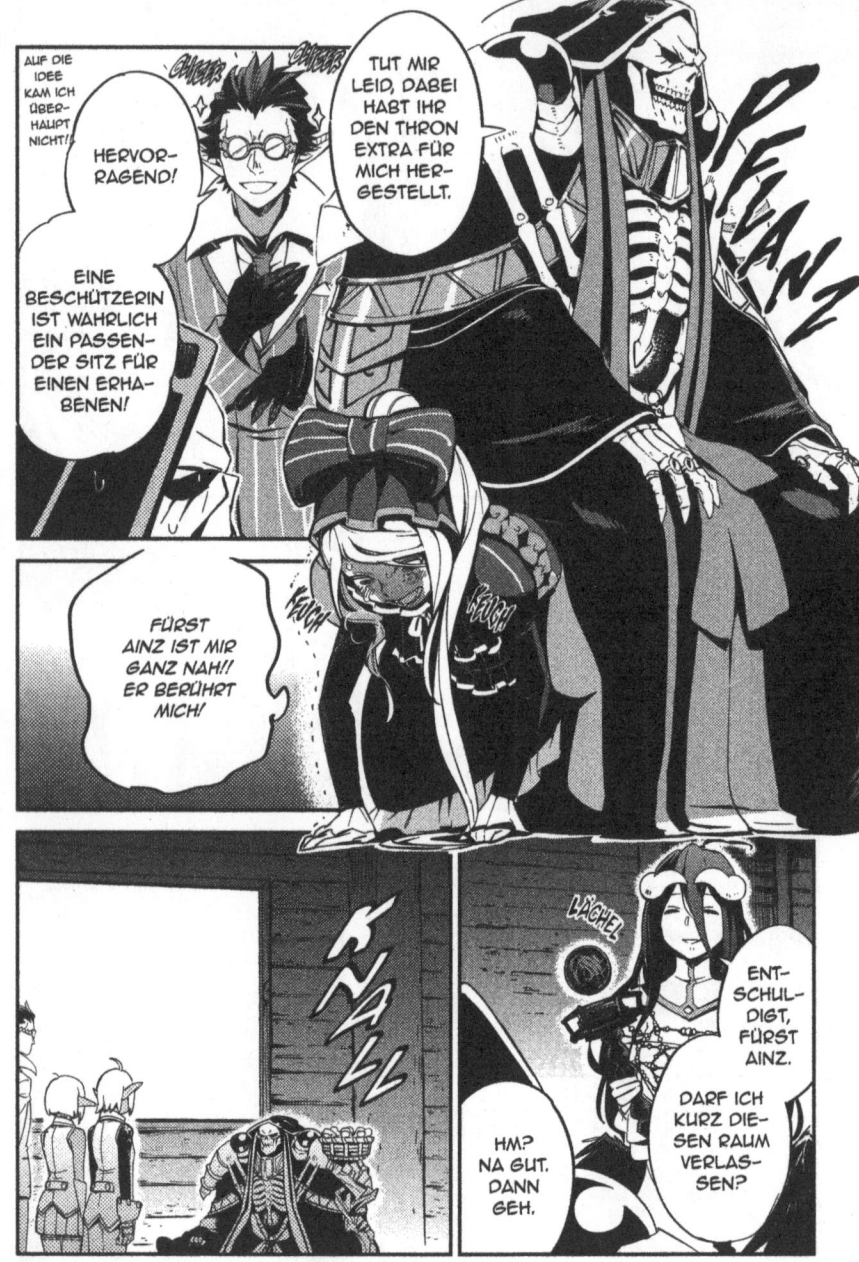

AUF DIE IDEE KAM ICH ÜBERHAUPT NICHT!!

HERVORRAGEND!

EINE BESCHÜTZERIN IST WAHRLICH EIN PASSENDER SITZ FÜR EINEN ERHABENEN!

TUT MIR LEID, DABEI HABT IHR DEN THRON EXTRA FÜR MICH HERGESTELLT.

CHARGRRS

PFLANZ

FÜRST AINZ IST MIR GANZ NAH!! ER BERÜHRT MICH!

KUCH

KNALL

LÄCHEL

ENTSCHULDIGT, FÜRST AINZ.

DARF ICH KURZ DIESEN RAUM VERLASSEN?

HM? NA GUT. DANN GEH.

136

ICH BIN AUS VERSEHEN GEGEN DIE WAND GELAUFEN.

KÖNNT IHR DIE WAND REPARIEREN?

ES TUT MIR LEID...

ÄH, JA... OKAY...

STRAHL

...

WUSCHING

RIESEL RIESEL

HEJAAAAH!

ZITTER
ZITTER
ZITTER
ZITTER

SHALLTEAR, HÄLTST DU DAS AUS?

...

BIN ICH DOCH ZU SCHWER?

ANGEWIDERT

OJE...

DAS IST EHER EINE BELOHNUNG!

UMDREH

GUT... DANN KOMMEN WIR ZUM THEMA.

ICH GLAUBE, ES IST VOLLKOMMEN GELUNGEN, FÜRST AINZ.

HABEN WIR DIE ECHSENMENSCHEN ÜBERRASCHEN KÖNNEN?

... IST DER ERSTE SCHRITT VON COCYTUS GEWÜNSCHTER DEMONSTRATION GEGLÜCKT.

NA, DANN...

DIE UNTOTEN, DIE IHR MIR GELIEHEN HABT, UND MEINE MAGISCHEN BESTIEN HALTEN WACHE.

DERZEIT IST ABER NICHTS BESONDERES VORGEFALLEN.

AURA.

WAS IST MIT DEM INFORMATIONSNETZ?

>>KREATION<< IST EINE HOHE MAGIE, DIE ICH NUR VIERMAL AM TAG EINSETZEN KANN...

EIGENTLICH WOLLTE ICH MICH ZURÜCKHALTEN, WEIL DIES EIN EXPERIMENT IST...

... ABER ES HÄTTE NICHTS GENUTZT, WÄREN SIE NICHT ÜBERRASCHT GEWESEN.

DIESE FES-
TUNG HAT KEINE
SCHUTZMAGIE...

ACH JA?

JETZT
ANZUGREIFEN
WÄRE FÜR FEIN-
DE EINE EINMALIGE
CHANCE...

DABEI
GEBEN WIR
UNS EXTRA
DIESE
BLÖSSE.

WARUM
UNTERNIMMT
DIE PERSON
DENN NICHTS,
DIE DEN WELT-
GEGENSTAND
GEGEN SHALL-
TEAR EINGE-
SETZT HAT?

FRÜHER
HATTE
JEMAND
...

... OURO-
BOROS,
EINEN DER
»ZWANZIG«
GEGEN UNS
VERWENDET.

DIESE
THEORIE
HABE ICH
AUCH BE-
DACHT...

... DEN
MAN
DURCH EIN
NORMALES
INFORMATI-
ONSNETZ-
WERK NICHT
AUFSPÜREN
KANN?

VIELLEICHT
KÖNNEN
SIE UNS
MIT EINEM
WELTGE-
GENSTAND
BEOBACH-
TEN...

DA WIR WELTGEGEN-STÄNDE BESIT-ZEN, SOLLTEN WIR EIGENTLICH NICHT ÜBER-WACHT WERDEN KÖNNEN...

BESITZER VON WELTGEGEN-STÄNDEN KÖNNEN WELTGEGENSTÄN-DE UNWIRKSAM MACHEN.

KÖNNT IHR MEINE ZWI-SCHENREDE ENTSCHUL-DIGEN?

FÜRST AINZ?

ABSOLUT KANN MAN DAS ABER NICHT SA-GEN...

WAS IST DENN, ALBEDO?

OH...

... ABER ES GIBT AUCH DIE MÖGLICHKEIT, DASS SICH DER UNBEKANNTE ÜBERHAUPT NICHT NÄHERT ...

ICH KANN IHREN GRUNDSATZ VERSTE-HEN, DAS UNBEKANNTE AUFDECKEN ZU WOLLEN...

140

AUSSER-
DEM...

... IST DA
NOCH DIE
SACHE, ALS
SIE GEGEN-
STÄNDE
VERWENDET
HABEN, UM
SHALLTEAR ZU
BESIEGEN.

NA...

NATÜRLICH
HABE ICH
DIESE MÖG-
LICHKEIT AUCH
BEDACHT.

ICH BITTE
VIELMALS
UM ENT-
SCHULDI-
GUNG.

DA KRISTAL-
LE IN DIESER
WELT KOSTBAR
SIND, WERDEN
SIE SIE NICHT
EINFACH FÜR
EXPERIMENTE
MISSBRAU-
CHEN.

... INDEM
ICH EINEN
MAGISCHEN
KRISTALL
ÜBERSTRA-
PAZIERT
HABE.

ICH HABE
DER GILDE
BERICHTET,
DASS ICH
SIE BESIEGT
HABE...

HUCH?

... ABER
MEHRERE
GLEICHARTIGE
GEGENSTÄNDE
BESITZEN, WAS
MACHEN WIR
DENN DANN?

SOLLTE
DER
GEGNER...

JA.

SOLLTE DER FEIND MEHRERE SOLCHER KRISTALLE BESITZEN, KÖNNTE ER DIESE LÜGE DURCHSCHAUEN.

ER KÖNNTE DEN KRÄFTEUNTERSCHIED VON SHALLTEAR UND MOMON BEMERKEN...

DAS SOLLTE KEIN PROBLEM SEIN.

ABER ICH KANN DEINE BEUNRUHIGUNG VERSTEHEN, ALBEDO.

ABER SAG DEN ANDEREN BESCHÜTZERN RUHIG, WAS DICH BEUNRUHIGT.

ICH MÖCHTE WEGLAUFEN...

... UND VIELLEICHT SOGAR EINE BEZIEHUNG ZWISCHEN BEIDEN ERAHNEN...

INTERESSANT...

... WÜRDEN SIE BESTIMMT HEIMLICH VORGEHEN...

WENN SIE SICH WIRKLICH GEGEN EUCH RICHTEN MÖCHTEN, FÜRST AINZ...

... UND VIELLEICHT GERÜCHTE VERBREITEN, DASS MOMON UND DIE VAMPIRIN UNTER EINER DECKE STECKEN.

ICH HABE EINE THEORIE.

ALBEDO UND AUCH DIE ANDEREN BESCHÜTZER...

WAS WÄRE DENN EURER MEINUNG NACH DER NÄCHSTE SCHRITT DER GEGNER?

ENTWEDER ...

... HABEN SIE DIE UNTERSUCHUNGEN ÜBER FÜRST MOMON NOCH NICHT ABGESCHLOSSEN...

... ODER SIE WÜNSCHEN KEINE FEINDSELIGKEIT.

ANSONSTEN...

HERVORRAGEND, DEMIURG.

DAS WÄRE EIN PROBLEM...

DANN LASS MICH WEITERFRAGEN.

WARUM GEHEN DIE GEGNER NOCH NICHT SO VOR?

... KÖNNTE DAS AUFEINANDERTREFFEN MIT SHALLTEAR VIELLEICHT NUR EIN ZUFALL GEWESEN SEIN?

DANN ...

GEGEN EINEN UNSICHTBAREN FEIND KANN MAN NUR SCHWER VORGEHEN.

... IST DAS GRÖSSTE PROBLEM, DASS DIE INFORMATIONSLAGE SCHLECHT IST.

JEDENFALLS...

DIESE MÖGLICHKEIT WÄRE NICHT KOMPLETT UNDENKBAR...

...

?

AH.

ACH
...

... SOLLTEN WIR VIEL-LEICHT ZU IRGENDEINEM KÖNIGREICH GEHÖREN. WIE KLINGT DAS?

VERBEUG

VERSTAN-DEN.

ERKLÄR ES IHNEN DOCH BITTE, DE-MIURG.

OJE... AURA UND DIE ANDEREN SCHEINEN ES ABER NICHT ZU VERSTE-HEN.

ICH SEHE SCHON. SO IST DAS ALSO.

INTERESSANT

...

VERBLÜFFT
200

... BRAUCHT ES EINE MÖGLICH-KEIT, DIESE DURCH VERHAND-LUNGEN ZU LÖSEN.

SOLLTE FÜRST AINZ IN ZUKUNFT AUF DEN UNBEKANN-TEN FEIND TREFFEN...

... UND SOLLTE ES ZU FEINDSE-LIGKEITEN KOMMEN...

KNIRSCH

NEIN, DAS MEINE ICH ÜBERHAUPT NICHT.

DANN SCHLAGEN WIR DEN TOT, DER IHN KONTROLLIERT HAT.

UND SOLLTE FÜRST AINZ...

... DURCH EINEN WELTGE-GENSTAND KON-TROLLIERT WERDEN...

WIR ERZEUGEN EINE AUSREDE, INDEM WIR SO TUN, ALS WÄREN WIR UNTER DER SCHIRMHERR-SCHAFT VON JEMANDEM.

DASS JEMAND IHN KONTROLLIERT, SOLLTE DOCH EINE AUSREI-CHENDE ENT-SCHULDIGUNG SEIN, ODER?

DAS IST NUR EIN BEISPIEL.

ICH VER-STEHE ...

WIRKLICH BEEIN-DRU-CKEND, FÜRST AINZ!

WENN WIR SAGEN, DASS WIR NUR AUF BEFEHL DES REICHS GEHANDELT HABEN...

... KÖNNEN WIR AUSSER-DEM EINEN TEIL DER VER-ANTWORTUNG ABGEBEN, ODER?

145

ÄH, J...JA.

TUT MIR LEID, DASS ICH DIR DEIN LOB KLAUE.

WIRKLICH BEEIN-DRUCKEND, FÜRST AINZ!

NEIN, ICH BIN SICHER, DASS IHR SCHON BEI DER GLEICHEN ANT-WORT ANGE-LANGT WART.

STREICHEL

DIESEN GEDAN-KEN HAT-TE NICHT ICH...

... SON-DERN DEMIURG.

... SOLLTEN WIR SO LEICHTER AN INFOR-MATIONEN KOMMEN.

UND ALS BONUS ...

BEEINDRUCKEND, FÜRST AINZ.

WIE PEIN-LICH...

TRÄUM

SO KEN-NEN WIR UNSEREN FÜRSTEN AINZ...

MENSCHEN KÖNNEN SELBST ALS NIEDERE LEBEWESEN NOCH NÜTZ-LICH SEIN, ODER?

WIR HABEN DEN ECHSEN-MENSCHEN AUSREICHEND ZEIT GEGE-BEN.

KONTROL-LIERT, OB ES DORT UNVORHER-GESEHENE HANDLUN-GEN GIBT.

NUN GUT.

WELCHES REICH SOLLEN WIR UNTER-WANDERN?

WUSCH

GUT. DIE SECHS, DIE NACH ANFÜHRER AUSSAHEN...

ÄH... ICH GLAUBE, ER HIESS ZARYUSU, ODER?

IST ER VIELLEICHT IN EINER HÜTTE?

HM...

DIE WEISSE UND DEN MIT DER MAGISCHEN WAFFE KANN ICH NIRGEND-WO SEHEN.

SIE SCHEINEN SICH SINN-LOS ANZU-STRENGEN.

DEMI-URG.

REICH MIR DEN UNEND-LICHEN RUCK-SACK.

VER-STAN-DEN.

ZUERST ...

... SCHAUEN WIR IN DIE-SES HAUS HINEIN.

...

WUSCH

TJA, SIE WERDEN EH BALD STERBEN.

BESTIMMT IST IN IHNEN NUR DER ARTERHALTUNGSTRIEB ERWACHT.

WIRKLICH UNMÖGLICHE WESEN. DABEI WIRD COCYTUS SIE GLEICH ANGREIFEN!

...

ICH BIN NEIDISCH...

GANZ GENAU!

AH, ÄHM. DA... DAS...

DEMIURG HAT VOLLKOMMEN RECHT.

RÄUSPER

JEDEN-FALLS...

WIE KONNTE MIR DAS PASSIEREN?!

WIE ERKLÄREN DIE VÄTER DER WELT SO ETWAS IHREN KINDERN?!

WENN JEMAND VOM INFORMATIONSNETZ ERWISCHT WIRD, RÜCKE ICH MIT ALLEN BESCHÜTZERN AUS.

JAWOHL!

DAS WÜRDE ZWAR DAS VERSPRECHEN AN COCYTUS BRECHEN...

... ABER ES GEHT DARUM, DAS WICHTIGE ZU BESCHÜTZEN.

GUT...

SE...SEXUALKUNDE VERSCHIEBE ICH ERST MAL AUF SPÄTER...

... ES WIRD ZEIT FÜRS SPEKTAKEL!

DIE MORAL IST AUF DEM HÖHEPUNKT.

VERSAMMELT HABEN SICH HIER NUR DIE KRIEGER...

... WOLLEN WIR EIN NEUES KAPITEL AUF-SCHLAGEN.

MIT MÖGLICHST GERINGEN OPFERN...

KRIE-GER...

BRÜ

VOR-WÄRTS!

LL

WUSCH

HMPF...

FÜRST AINZ ERSCHEINT WIEDER IM FERNSE-HEN...

WENN MAN NAZARICKS POTENZIAL BEDENKT, WAR DAS DOCH EIN SELBSTVER-STÄNDLICHES ERGEBNIS.

TROPF

HI...

...

IHR FREUT EUCH ZU SEHR...

ICH GEH SCHON MAL.

KE HE HE HE

OJE? WO WILLST DU HIN?

...

COCY-TUS SIEHT GAR NICHT GLÜCKLICH AUS.

158

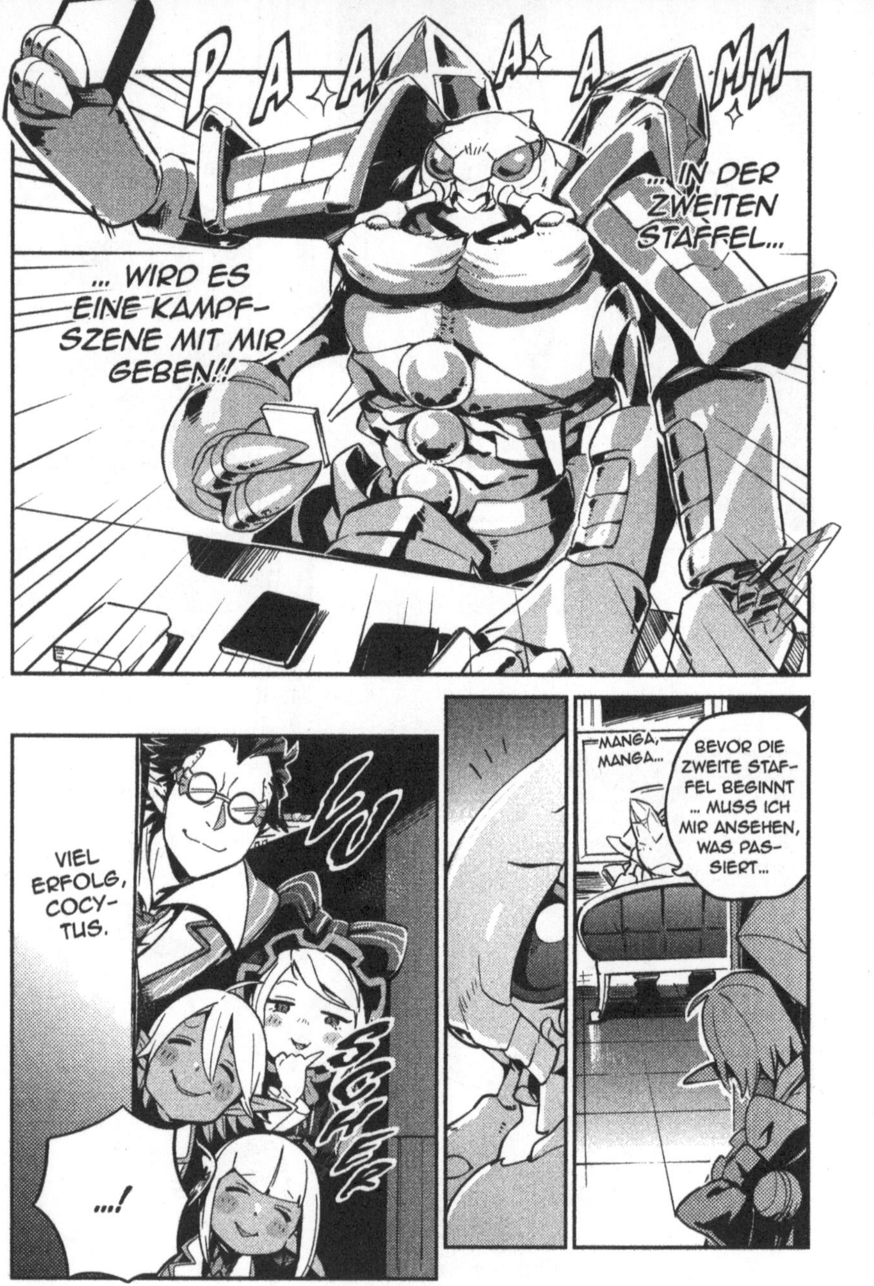

PAAAAAMM

... IN DER ZWEITEN STAFFEL...

... WIRD ES EINE KAMPF-SZENE MIT MIR GEBEN!!

VIEL ERFOLG, COCYTUS.

SICHER

...!

MANGA, MANGA...

BEVOR DIE ZWEITE STAFFEL BEGINNT ... MUSS ICH MIR ANSEHEN, WAS PAS-SIERT...

ENDE

Der Beschützer der fünften Ebene von Nazarick hat außerdem den Namen »Herrscher des Eisigen Gletschers«. Er ist einer der drei NPS-Krieger von Nazarick auf Stufe 100. Wenn er komplett mit Waffen ausgerüstet ist, besitzt er die höchste Angriffskraft in Nazarick.

»Körper«

Er ist mit über 2,5 Metern gewaltig groß, besitzt vier Arme und einen Schwanz. Er kann in jeder seiner vier Hände eine Waffe ausrüsten.

Sein Außenpanzer erinnert an ein Insekt. Aus seinem Rücken ragen Stacheln, die Eiszapfen ähneln, und aus den Schultern und dem Rücken gletscherartige Hügel. Passend zu seinem Zweitnamen »Herrscher des Eisigen Gletschers« ist er immer von einer kalten Aura umgeben. Wenn Gegner sich ihm nähern, die schwach gegen dieses Element sind, erleiden sie Schaden oder werden in ihren Bewegungen eingeschränkt.

»Art & Beruf«

– Artenstufe

Insektenkrieger: Stufe 10, Ungezieferfürst: Stufe 10 u. a.

– Berufsstufe

Weiser: Stufe 10, Asura: Stufe 5, Krieger von Niflheim: Stufe 5 u. a.

»Ausrüstung«

Kaiserliche Klinge des Gottestöters: ein gewaltiges Großschwert mit einer Klinge von 1,8 Metern Länge. Unter den 21 Waffen von Cocytus ist sie die schärfste. Ursprünglich gehörte sie Krieger Takemikazuchi, dem Erschaffer von Cocytus.

Stoßzahn der Enthauptung: Diese silberne Hellebarde wird von Cocytus häufig eingesetzt.

Schalenpanzer: Aufgrund seiner Art kann Cocytus keine Rüstung tragen. Im Gegenzug ist sein Panzer so hart wie eine Rüstung; mit dem Steigern der Charakterstufe ist er sogar noch härter geworden. Wenn eine normale Rüstung durch Waffen beschädigt oder gar zerstört wird, muss sie repariert oder ersetzt werden. Der Schalenpanzer hingegen kann durch Heilmagie wiederhergestellt werden. Außerdem besteht nicht die Gefahr, dass ein Gegner die Rüstung stiehlt, sollte Cocytus unerwartet sterben. Das sind einige der Vorteile, jedoch ist es für den Außenpanzer selbst auf Stufe 100 fast unmöglich, die Werte göttlicher Ausrüstung zu erreichen. Daher ist es notwendig, dass man durch Fähigkeiten seine eigenen Körperwerte steigert, um so die Verteidigungskraft zu erhöhen.

»Charakter«

Er betrachtet sich selbst als »Krieger« und verhält sich im Grunde auch so. Selbst wenn jemand ihm unterlegen ist, bewundert er es sehr, wenn dieser den Kampfgeist eines Kriegers besitzt.

Außerdem ist er einer der wenigen mit positivem Karma in Nazarick, wo die meisten eher dazu tendieren, negatives Karma anzuhäufen.

»Untergebene«

Ihm untersteht eine Eliteeinheit, die genau wie er aus Kämpfern besteht, die zu den Insektenarten gehören. Außerdem gibt es in der »Schneeballerde«, so der Name der Ebene, die er beschützt, noch Eismonster namens Frostjungfrauen, die Stufe 82 haben und von ihm befehligt werden.

**Wir produzieren
nachhaltig**

- Klimaneutrales Produkt
- Papiere aus nachhaltigen
  und kontrollierten Quellen
- Hergestellt in Europa

Wir behalten uns die Nutzung unserer Inhalte für Text- und Data-Mining
im Sinne von § 44b UrhG ausdrücklich vor.

CARLSEN MANGA

© 2018 Carlsen Verlag GmbH

Völckersstraße 14-20, 22765 Hamburg

Aus dem Japanischen von Lasse Christian Christiansen

OVERLORD volume 7

©Hugin MIYAMA 2017

©Satoshi OSHIO 2017

©2012 Kugane Maruyama

First published in Japan in 2017 by KADOKAWA CORPORATION, Tokyo.

German translation rights arranged with KADOKAWA CORPORATION, Tokyo
through TOHAN CORPORATION, Tokyo.

Redaktion: Britta Hellwig

Textbearbeitung: Steffen Haubner

Herstellung: Björn Liebchen

Alle deutschen Rechte vorbehalten

ISBN: 978-3-551-74180-6

Carlsen Manga! News – jeden Monat neu per E-Mail!

www.carlsenmanga.de

www.carlsen.de